Pour Elisabeth
Un joyeux temps des Fêtes
2008 et au plaisir de
se revoir ...
Eric Claire
Juliette et Françoise

Tous
les soirs
du monde

Dominique Demers • Nicolas Debon

Tous
les soirs
du monde

ÉDITIONS IMAGINE

C'est l'heure.

Simon fait la grimace.
Il enfile son pyjama, démêle ses cheveux,
boit un grand verre de lait,
se débarbouille de la tête aux pieds
et se brosse soigneusement les dents.

Puis, il monte l'escalier,
tape son oreiller,
pousse ses couvertures
et plonge dans son lit.

Alors seulement, Simon crie :

– PAAA PAAA !!!

Tous les soirs du monde,
c'est pareil.

Tous les soirs du monde,
le papa de Simon monte l'escalier,
il s'installe à côté de son fils
et se prépare à endormir la planète.
Sinon, Simon refuse
de fermer les yeux.

Le papa de Simon
commence par l'Afrique.
Il remonte un peu les couvertures,
étend ses grandes mains,
les pose sur les pieds de son fils
et lance la formule magique qui
endort les savanes et les jungles.

Dans sa tête, Simon voit.

Les grands lions secouent leur crinière en poussant des rugissements déchirants. Les baobabs frissonnent déchirants. Alors, tous les lions, les éléphants, les zèbres, les rhinocéros, les girafes, les gazelles, les panthères et aussi toutes les bêtes, grandes et petites, de toutes les brousses des tropiques, filent sous la lune. Ils foncent vers leurs refuges, leurs antres, leurs tanières. Ils courent se blottir dans les bras de la nuit.

— C'est fait, mon grand,
dit le papa de Simon.
L'Afrique dort.

Simon bâille un peu
en attendant la suite.

Alors, le papa de Simon remonte
encore un peu les couvertures,
étend ses grandes mains, les pose
sur les genoux de son fils et lance
la formule magique qui endort les mers.
Il commence loin là-bas,
dans les Antilles.

Dans sa tête, Simon voit.

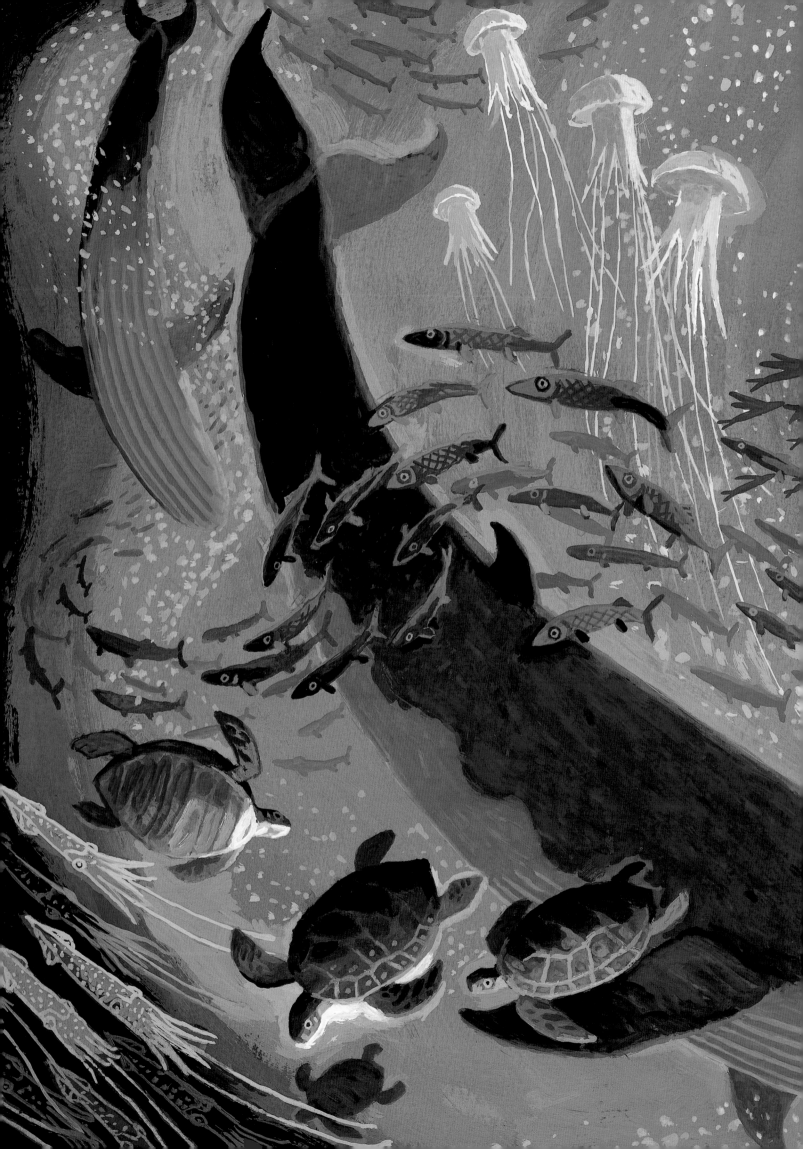

Les baleines s'ébrouent.
La mer tout entière est secouée.
Alors, les poissons volants,
les dauphins, les raies géantes, les poissons-lunes,
les tortues et les sirènes amorcent
un dernier ballet, une ode aux étoiles
avant de se glisser dans les replis des fonds marins.

— C'est fait, mon grand,
dit le papa de Simon.
Les mers sommeillent.

Simon bat des paupières
en attendant la suite.

Alors, le papa de Simon remonte
encore un peu les couvertures,
étend ses grandes mains, les pose
sur le ventre de son fils et lance
la formule magique qui endort
les déserts blancs, les toundras
glacées et tous les pays du froid.
Il commence par l'île d'Ellesmere
parce que le nom est joli.

Dans sa tête, Simon voit.

Un million de caribous dressent leurs bois.
Les loups blancs tendent l'oreille.
Les phoques reniflent une dernière fois l'air glacé.
Les ourses rassemblent leurs petits.
Et les renards bondissent sur la neige givrée.
Le grand voile de la nuit enveloppe
les pays du soleil
de minuit.

— C'est fait, mon grand,
dit le papa de Simon.
L'Arctique sommeille.

Simon s'étire un peu
en attendant la suite.

Alors, le papa de Simon remonte
encore un peu les couvertures,
étend ses grandes mains, les pose
sur les épaules de son fils et lance
la formule magique qui endort les cieux.
Il commence quelque part en Amérique.

Dans sa tête, Simon voit.

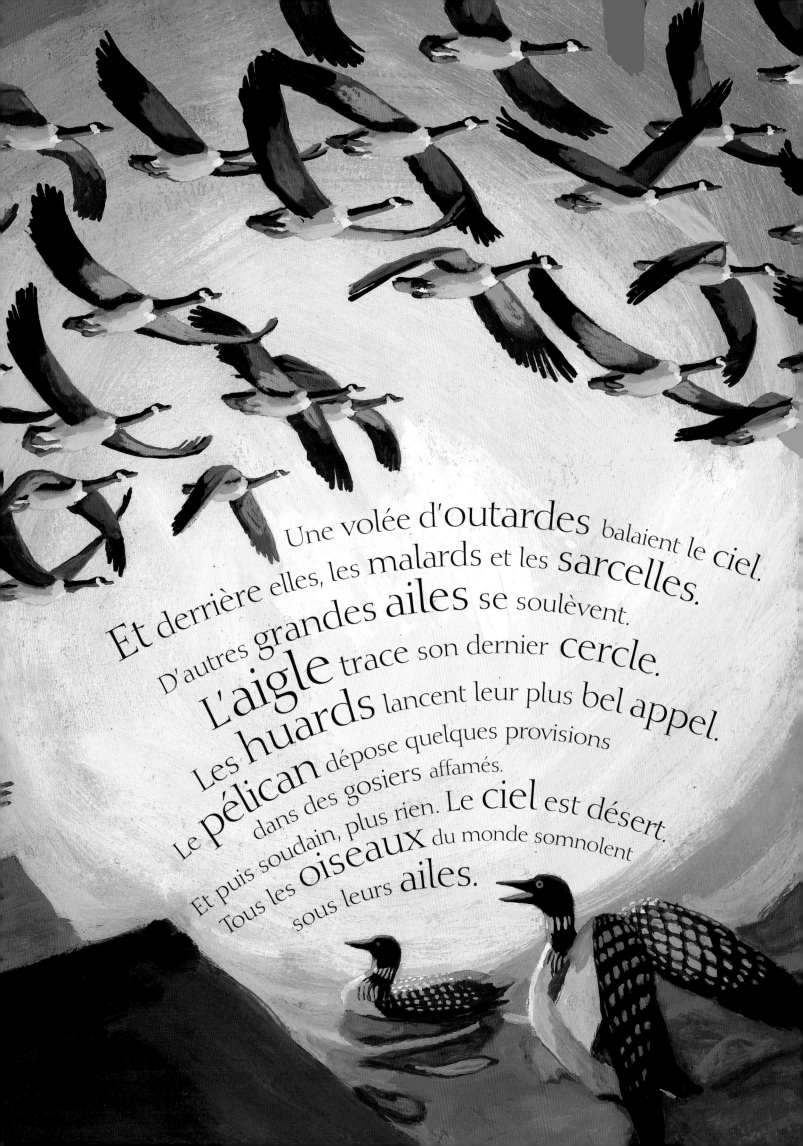

Une volée d'outardes balaient le ciel.
Et derrière elles, les malards et les sarcelles.
D'autres grandes ailes se soulèvent.
L'aigle trace son dernier cercle.
Les huards lancent leur plus bel appel.
Le pélican dépose quelques provisions
dans des gosiers affamés.
Et puis soudain, plus rien. Le ciel est désert.
Tous les oiseaux du monde somnolent
sous leurs ailes.

— C'est fait, mon grand,
dit le papa de Simon.
Le ciel tout entier se repose.
Tu peux dormir maintenant.

Simon soupire et ferme les yeux.
Son papa se lève pour partir.
Mais, au dernier moment,
Simon crie :

— Non ! Tu n'as pas fini.

Le papa de Simon sourit.
Son fils a raison.
Il reste un vaste pays.

Alors, le papa de Simon
tire jusqu'au bout les couvertures,
étend encore ses grandes mains,
les pose doucement
sur la tête de son fils
et lance la formule magique
qui endort les sorciers
et réveille les fées.

Dans sa tête, Simon voit.

Tous les monstres,
et les dragons de l'univers,
toutes les créatures qui empoisonnent la nuit
disparaissent comme par magie.
Les lutins bondissent d'entre les rochers,
les fées secouent leurs longues chevelures dorées,
les magiciens éparpillent de la poussière d'étoile
et des poudres d'aurore boréale. Les puissances merveilleuses
ont pris la relève. Tant que veillent les fées,
rien de mauvais ne peut arriver.

— C'est fait, mon grand,
murmure le papa de Simon.
Tu n'as plus rien à craindre
maintenant.

Simon ne bouge pas.
Il dort déjà.

Alors, le papa de Simon sourit.
Son fils a raison.
C'est l'heure d'aller au lit.

Tous les soirs du monde,
c'est ainsi.

Catalogage avant publication de Bibliothèque et Archives Canada

Demers, Dominique
Tous les soirs du monde
Publ. en collab. avec : Gallimard.
Pour enfants.
ISBN 2-89608-017-1
I. Debon, Nicolas, 1968- . II. Titre.
PS8557.E468T68 2005   jC843'.54   C2004-942075-5
PS9557.E468T68 2005

Tous les soirs du monde © Dominique Demers / Nicolas Debon
Gallimard Jeunesse et Les éditions Imagine inc. 2005
Tous droits réservés.

Dépôt légal : 2005
Bibliothèque nationale du Québec
Bibliothèque nationale du Canada

Les éditions Imagine
4446, boul. Saint-Laurent, 7ᵉ étage, Montréal (Québec) H2W 1Z5
Courriel : info-imagine@telefiction.com • Site Internet : www.editionsimagine.com

Imprimé en Belgique
10 9 8 7 6 5 4 3 2 1

Gouvernement du Québec — Programme de crédit d'impôt
pour l'édition de livres — Gestion SODEC